두런두런 빛의 대화

도서출판
작가마을

두런두런 빛의 대화

초판인쇄 | 2020년 9월 10일
초판발행 | 2020년 9월 20일

지 은 이 | 이향영 (LISA LEE)
편집주간 | 배재경
펴 낸 이 | 배재도
펴 낸 곳 | 도서출판 작가마을
등   록 | 2002년 8월 29일제 2002-000012호
주   소 | 부산광역시 중구 대청로 141번길 15-1 대륙빌딩 301호
         T. 051248-4145, 2598 F. 051248-0723 E. seepoet@hanmail.net

ISBN 979-11-5606-155-7 03810 정가 10,000원

※ 이 도서의 국립중앙도서관 출판예정도서목록CIP은 서지정보유통지원시스템 홈페이지
   (http://seoji.nl.go.kr)와 국가자료공동목록시스템(http://www.nl.go.kr/kolisnet)에서
   이용하실 수 있습니다. (CIP제어번호 : CIP2020038826)

두런두런 빛의 대화

이향영 시집
LISA LEE

모국에 돌아오니 영혼의 집에 온 것 같습니다.

미국에서 책을 주문하면 약 2주 정도 기다렸는데,

교보문고가 5분 거리에 있어서

친정집같이 빈 가슴을 책이 채워줍니다.

제 삶의 마지막 무대를

고향의 색깔과 정취를 풍경화로 채색해나가듯

아름다운 마무리를 하고 싶습니다.

2020년 가을날

이향영 LISA LEE

• 차례

3부

4부

두런두런
빛의 대화   이향영(Lisa Lee) 시집

제1부

지독한 황사

바다가 끓여 낸 한숨
하늘을 가리고 있다
허공이 내뿜은 연기
바다를 가리고 있듯
연기와 한숨이 어울려
하늘이 지워지고
바다가 사라지고
한 몸이 되어버린 천지
사라졌다 허공이

정오의 잠

그는 낮 12시만 되면
잠을 먹는다

다디단 잠이
다디단 잠을
온몸에 바르고
그는 잠에 빠져있다

슬픔의 허기
진수성찬으로
채워지지 않고

한낮에 등에 업혀 오는
그림자

그는 보리 알보다 작은
알약 한 알
몸 안으로 흘려
저장해 둔다

그는 정오에 밥 대신
잠을 먹는다

그 모든 슬픔과 꿈과
배고픔을
한꺼번에 베고 잔다

변기

변기 속 휴지에
붉은 입술 떨어져 있다
물 위에 떠 있는
한 장의 꽃잎
한 장의 입술

사라지는 것이 두려운 입술
입술은 물을 물고 악착같이
변기 속에 매달려있다

물 위에 떠 있는 입술이
익은 보리수 빛으로
심장을 쿵쾅거리게 한다

변기에 머리를 처박고
물속에 떠 있는
입술에 키스하고 싶다

누가 그녀의 입술을
변기에 던졌을까

누군가 훔친 입술

변기 속 캄캄한 터널로 떠내려간다

부산 갈매기

미포항 터미널 늦은 오후
여객선 타고
오륙도 코스를 돌아본다

갈매기 따라
뱃길이 열리고
그 길 따라
물새들
사람을 기웃거린다

관광객들의 엄지와 검지 사이의 먹이
새우깡 한두 개씩
갈매기들 테크닉이 허공을 날고 있다

물새들 날개를 십자가처럼
활짝 펴고 작은 두 다리와 발
몸속에 접어 넣고
빠르게 더 빠르게 난다

갈매기들의 기막힌 라이브 쇼

물을 가르는 엔진 소리
구성지게 울려 퍼지고
부산 갈매기
물새들 따라
묘기 따라
쏟아지는 박수 소리

미포 여객선 신나게 흔들며
오륙도 돌아설 때
등대 불빛이
붉게 빛났다

오, 오필리아*

버드나무 가지가 흐르는 강 언덕
쐐기풀들이 고통을 외치고 있다
초록 숲속 아름드리 꽃무리
그녀의 슬픔을 노래한다

보라색 야생 비올라 꽃
하늘 향해 허무의 기도 바치는

강물이 흐르는 오른쪽 낮은 언덕
생명이 끝난 나뭇가지 위
해골 옆에 해골이 걸려있다
아버지와 딸이
영혼으로 만났다

그녀의 오른쪽 머리맡엔
피어보지 못한 제비꽃
다문 숨을 길게 내뱉고 있다

그녀는 강물 위에 누워있다
죽음의 중간쯤

아버지와 연인 사이에서
그녀의 눈이
이승과 저승 사이에 있는

데이지와 팬지 양귀비꽃을 가진
그녀가 허무와 순수와 죽음을 쥐고
반쯤 열려있는 입이 울고 있다
하얀 목이 웃고 있는

상복 드레스가 강물에 젖어
은빛으로 고고하다

언덕의 꽃들이 투신 한다
주검 위에 화환을 만들고
죽어가는 그녀의 드레스를 따라
꽃들이 장례 행렬에 선다

*존 에버렛 밀레이: 오필리아(런던 테이트 박물관 소장)

별이 빛나는 밤*

밤의 기운이
초록과 파랑을 머금고
깊은 보라색 하늘을 타작하는

노란 별들이 꽃이 된 밤
노란 반달이 후광을 입은
달과 별을 끌어당기는

별이 쏟아지는 하늘
산이 짙은 그림자를 드리우고
밤의 운행에 끼어든다

꿈틀거리는 선은 태아의 형태
은하수를 돌리는 강 물결
사나운 파도로 굽이치는 빛 그리고 빛
하늘을 돌리는 두꺼운 소용돌이

마을을 휘몰아치는 별들
설렘은 누구의 것인가?

산 아래 작은 마을이 있다
집안에서 흐르는 희미한 불빛
생명 살리는 별들의 에너지
끝나도 쌓는 꿈 탑!

고딕 형상의 교회 철탑
생 레미 마을을 지키듯
하늘과 대화하며 높다랗게 솟아있다

사이프러스 나무들
비트린 숲의 선들로
하늘 향해 검게 타오르는
존재의 세월이 사그라지고 있는

*빈센트 반 고흐: 별이 빛나는 밤(뉴욕 현대 박물관 소장)

불로장생

정오의 햇살이 롯데호텔 41층
유리창에 눈부시게 흩어지고

줄기세포 피플들 둥근 식탁에
열 명씩 앉아 강의 들었다
그들은 한결같이
싱싱하게 오래 살 수 있는
바램을 품고 앉아있다

아프니 돈도 자식도 소용없어요
그래도 돈이 효자죠, 줄기세포도 맞고
돈이 자식을 이기는 시대잖아요

줄기세포 피플들!
긴 한숨 허공으로 내뱉는다

뇌를 기쁘게 해야
뇌를 즐겁게 해야
그런 차원을 지나 저 멀리 있는
뇌를 세포를 행복하게 해야

그대가 행복해진다고

하늘보다 넓은 우주
바다보다 깊은 공간
하느님 몸처럼 거룩하게
뇌가 밤하늘의 별처럼
신나게 활동할 수 있도록

그대는 밤하늘이 되고
바다는 춤추는 음절이 되고
하느님 언어로 기도가 되는
뇌와 세포는 뭘 싫어하는지
다 몰라도 괜찮은 거지

앵무새

기괴한 어린아이의 괴성
호텔 로비 가득
울음이 멈추지 않는다

내 귀가 찢어지도록
아이의 괴성이 고막을 때렸다
더는 참을 수 없던
나는 벌떡 일어나
울음의 행방을 찾아다녔다

아이의 울음이 아닌
앵무새의 울음이었다

붉은 주둥이
검은 옷 입은 앵무새가
토해내는 절규였다

"어머나 너였구나! 어디 아프니?
왜 그렇게 슬피 울었어?"

나는 앵무새의 울음을
받아 적기로 했다

너도 나처럼 외롭구나
앵무새의 호소가
저렇게 아프다

앵무새의 울음이
저토록 깊다

오! 체 게바라

그대 만나러 쿠바에 갔다
쿠바 곳곳 혁명의 기운이
나라 찾은 자유 아닌 자유
붉게 물들어 있었다

그대 손은 혁명의 자랑
아바나 광장에 역사로 펄럭이고
너는 그대 깃발 속으로 나르는
한 마리 나비가 되었다

아바나의 밤이 깊어갔다

흰 이불에 검정으로
프린트된 그대 얼굴
네 온몸을 덮쳤다

그대와 결혼한 내 영혼
한 이불 속 두 다리
카리브해 천둥이 허공을 흔들고
그대와 나는

기절할 것 같은 포옹을 하고

사람들은 그대를
쿠바 영웅이라 부르고
그대를 나는 사랑이라 부른다

아바나의 밤은 깰 줄
모르고 잠이 들었다

여름이 옷을 벗고

해운대 바다는 폭발 전
몰려드는 인파
모래밭이 통증을 앓는다

인파의 꽃
즉흥 환상곡으로
그려내는 여름 풍경

고향에 와도 고향이 없다
이국처럼 낯설고
베토벤 심포니 5장
감정의 근육을 애무하듯
파도가 시원하다

타인은 지옥이다*
사람을 천국이라 생각한 마음
그것이 죄였다

여름의 한 가운데서
마음의 옷을 던지고

영혼의 옷을 벗고
나는 알몸이다

나의 숨결은
연기가 되고
그곳에 나비의 날개가 돋는다

나를 따라
여름이 옷을 내던진다

*장폴 사르트르

봄밤

친구도 혈육도 자기만의 섬
지난날 가슴 적시며 은밀히 속삭였던 꿈
베니스의 가면처럼 구역질나는 형상으로 변해버린
고층 건물들 오토바이소음 차량소음 사람들의 괴성
들려오던 파도 소리 삼켜버린 문명

내가 기대고 싶은 자리는 어디에도 없다
매화 목련 동백 개나리 진달래 벚꽃 다투어 피고
단단한 흙을 지나 메마른 가지를 지나
전신에 수액을 투여한 저 고통의 결실
땅속에 떨어진 죽은 자들이 뽑아낸 영혼
꽃들이 고운 빛으로 물든 저 하늘대는 몸짓

꽃에게 물었다
구역질나는 세상을 향해
어떻게 그런 고운 미소를 지을 수 있느냐고
꽃이 말했다
사람들이 나에게 아름답다
예쁘다 하는 말은 다 그 사람들이
꽃 같은 사람들이라서, 사람이 꽃이라고

꽃나무는 쌓인 말이 많다
안으로 괴로움을 억제하고
아픔을 품고 있으면서 그것을
꽃으로 피워내는 것이 살아가는 이유라고

파도가 바위 때리며 울부짖듯 네 몸 세포마다
죽어가는 존재를, 너를 들어줄 밤낮은 어디에도 없다

파도가 바위 때리며 울부짖듯 네 몸 세포마다
죽어가는 존재를, 너를 들어줄 밤낮은
어디에도 없다

오늘도 파도는 담길 요람을 찾지 못하고
짓누르고 찌르는 바늘 끝에 차이고
쉼이 없는 밤 사그라지는 촛불로 견디며
계속 깨어지면서 결단코 포기 않는
파도는 어제도 오늘도 내일도
하늘로 오르는 연습을 한다
봄밤은 소란하고 너는
일어서는 삶을 파도를 통해 배운다

해운대, 여름

여름이 익어 터질 듯 뜨겁다
해운대의 아름다운 여름밤을
즐기는 피서객들
쌍쌍이 절정의 꽃이 되고
바닷속으로 투신하듯
오가며 밀리는 파도 소리
선풍기 소리보다 더 요란해

내겐 돌아온 모국이
완전 타인의 계절이다
그들은 자랑 보따리고
속을 숨긴 칼바람이다
누구든 베어댄다
칼에 베일 때마다
내 열두 발가락 펑펑 쏟아낸 눈물
시커멓게 썩어간다

내 여름은 냉방을 앓고 있다
모래밭에 걱정을 던지고
살아온 날들을 던지고

마음의 옷 훌훌 벗어버렸다
절정만 끝 모르는 피서객처럼

저들 속의 나는 조난자인가
표류자인가
존재 자체가 없는 무엇인가
슬프고도 슬픈 조난자, 외딴섬에 홀로

가을밤

툭툭 떨어져 나가는
내 손가락과 발가락들
햇살과 달빛과 그늘도
덩달아 떨어지는 계절
손가락 끝으로 몰려드는
굴욕과 치욕의 문장들

그들은 내 상처를
고치려 와글거리고
고통은 사람들의 말이
어쩌지 못하는 슬픔
얼굴 없이 속삭이는 가면 무도장

허공을 차고 허공을 지나
지워지는 환한 하늘
번번이 붙잡아도 당신은
환상만 벗어놓고 사라져가고

가져오지 못할
아메리카의 내 편 하나 그립다

고향 땅에는 남의 편만 무성하고

바다로 간 그대

바닷물에 잠긴 모래 숲을 걸어
당신계로 내려가는 깊고 푸른 밤

겨울밤

미포 통통배들 미동 없고
송정 횟집들 어둠이 휘감고
동백섬 걸음도 지워진 고요

나는 그믐달 그림자 밟는
파도를 걷고 모래를 걷고
귀기를 진동에 얹고
몸 소름 오르게 걸었다

느린 걸음밖에
할 줄 아는 것이 없는
그믐달 향해 흘리는 눈물

살고 싶으나 살 줄 모르고
죽고 싶으나 죽을 줄 모르고
떠나온 고향 돌아갈 줄 모르고
돌아온 고향 즐길 줄 모르는

관계를 모르는 소통
남은 없고 자기만 있는

높은 파도가 대세인 바다
에둘러 찌르는 칼의 말
버려지지 않는 인연들

달의 품속으로 빠져들고픈
높은 곳으로 내려가서
만월로 해산하는 울음

걸음 방향이 바다인가
허공인가
그믐의 끝은 어디로

골목의 향기

#1
황금빛 잉어빵 굽는 아줌마
바다 잉어도 전문으로 굽는다
잉어 뒤집는 손길이 사랑이다
잉어들 아줌마의 새끼들이다

아줌마의 웃음이 흐르는
도로변이거나
골목 안이거나

구수한 내음이 익어간다
아줌마의 눈이 미소 주름이다
코는 배를 부풀린다

부요를 주체 못 하는
김 회장의 한숨 낮과 저녁
까맣게 대로를 물들인다

아줌마는 아이들을 굽는다
아줌마는 골목을 굽는다

아줌마는 바다도 굽는다
환하게 굽혀지는 행복이
구수한 향기를 굽는다

#2
붕어빵 굽는 아저씨
이마에 근심이 강물이다
드리운 낚싯대 사이
리듬 없는 먹구름이 떠 있다

삶의 무게가 뼈 마디마디
솟아오른 언덕이다

등을 내리누르는 가난
아슬하게 매달고 견디는
아저씨 꿈을 굽는다

올망졸망 가족들
꿈이고 길이다

붕어빵이 노릇노릇 익는다
포장마차에 내린 희망 돛대
아저씨 꿈이 굽혀지는 망망대해다

#3
팥 붕어가 코를 간질인다
크림 잉어가 입을 오물거리게 한다
골목 잉어들 사람을 가지고 논다

아저씨와 아줌마의 눈가
접착제로 당기는 별꽃

골목을 비껴가지 못하는
호주머니 안 손가락들
피아노 치듯 천 원짜리
골라내는 점술쟁이다

겨울이 사랑스럽다
눈아! 펑펑 쏟아져라
바다여 춤과 놀아라

잉어와 붕어가 부른다
손님들 포장마차 아래로
허리를 접어 넣는다

내 안으로 들어와
나와 놀아주는 붕어와 잉어
그들이 나를 굽는다
골목이 향기로 구워진다

언어가 꽃이 되는

한때는 머릿속이 책으로 채워진 사람이 좋았다

그들은 말로 갖가지 연장을 만들 줄 안다
사람의 감정을 자르고 마음을 자르고
혈관이 부풀고 찢어지는 상처를 만들 줄도 안다

말은 독이 되고 쓰레기가 되어
심장에 자란 여린 나무들이 생명을 읽기도 한다
독의 혼은 아무도 모르게 속으로 뻗는 습성이 있다

무의식과 잠재의식으로 뿌리내린 독의 혼은
잊힌 존재로 사라졌다가
기억의 줄을 타고 다니고
지난날을 되새기고 되새기는 독은
소멸을 모른다

한때는 추상화가 재미있었다
클래식 음악이 즐거웠다
포스트모더니즘 시가 맞추어지지 않는
퍼즐이었다

난해한 예술품 난해한 사람들

길이 없는 길을 걷고 걷는 일
병이 들어도 중단 못 하는 것이
난해한 나날이다

난해한 것들은 포장되어 있어서 벗기고
벗기고 자꾸만 벗기고 싶은
욕망이 마약 같다

잠재의식에서 숙성된 쓰레기들
무의식에서 잘 익은 독의 혼은
이름도 없는 아름다운 꽃을 피울 줄 안다

알알이 맺힌 피 묻은 언어마다 작은 꽃이 열리는 것은 무의
식이 키워낸 책이 된다

잘 숙성된 언어는 꽃이 되고
꽃은, 꽃처럼 아름다운 말이 되고
아름다운 말은 서점이 무덤인
책이 되고 꽃의 책이 된다

두런두런
　빛의 대화

이향영(Lisa Lee) 시집

제2부

별난 액자

하늘에 박아 둔
액자 하나!

27년 전
그녀가 걸어놓은
초상화 한 점
깊은 하늘이
저렇게 매달려 있다

하늘 향해 휘젓는 손
마음이 손가락 끝으로 뻗어있다
하늘과 땅을 이을 듯
가까이 당겨놓은 인연

그대와의 꿈 저 하늘
높이 걸어 놓고
틈틈이 하늘 액자 바라보는
그 꿈이 희망이다

할롱 베이

영혼 속 동굴 섬
녹색 꿈을 찾아 그곳으로 달려갔네
물결을 가르며
보트는 섬으로 섬으로 내달렸네

할롱 베이 3800여 개의 섬과 섬들
하늘이 자동문을 여네
안개에 몸을 묻은 섬들 사이사이
녹색 식물과 기암괴석 황홀 지경

섬사람들은 자신의 조상을
논 한가운데다 모시고 사네
집 앞에도 모시고 사네
죽음이 저렇게 따뜻할 수 있다면

나의 무덤은 들판도 산 아래도 아니네
창공 너머 푸른 하늘 너머에 있네
매일 올려다보는 나의 무덤은
내 안에 왕릉처럼 부풀어 있네

할롱 베이!
영혼 속 동굴 섬에
신이 살고 있네
괴괴한 정적이 걸려있네

모든 소리가 죽은 후 들려오는
발가락의 숨결
영혼의 숨결
신의 숨결
잔잔한 빛의 소리
요새 안으로 고인 영혼의 소리

바닥과 허공이 잠든 소리
발가락들이 고물거리는 소리 없는 정적
소리 따라 흩어지는 열한 개 몸
찬란한 내일이 들리는 소리 듣네
영혼 속 동굴 섬
녹색 꿈을 찾아 나는 그곳으로 달려갔네

내 옆구리의 미남자

내 왼쪽 옆구리에 앉은 미남자가
심장 박동수를 뛰게 한다
흰 피부 날렵한 턱선 오뚝한 콧날
크고 풍부한 감정의 눈망울
내 왼쪽 옆구리에 앉은 미남자는
팔순을 바라보는 나를 설레게 한다

내 옆구리 미남자는
꽃을 든 남자처럼
향기 가득하다

먼 길 가는 비행기
피그말리온이 조각한
여신 같은 미남자
내 옆구리에 딱 붙어있다

지루한 하늘 의자
새콤달콤 푹신한 침실 같은
그의 숨소리
그의 밥 먹는 소리

말을 걸고 싶어 가슴이 떨렸다
내 왼쪽 옆구리에 앉은 미남자를
혼자 은밀히 간직한다
가슴 속 바이브레이션
시간은 허공을 달리고 있다

달과 그대

새벽이 깊다
달은 밝고 환하다

달이 보여 주는 마음

이른 새벽하늘
어두운 청색의 바탕
네 환한 손짓은 뭐지?

오렌지빛 웃음은 좋아
네 고운 얼굴
아난티 코브 펜트하우스
너를 내게 선물하려고
이곳에 머물러 왔구나

은밀에 기대어
고요에 기대어
음악 같은 밀어에 기대어
네 세계를 스며들어

나를 네 곁으로 밀고 있다

밤의 이야기 1

천장에 조명이 있다
오렌지색 배경의 벽이 있고
액자가 걸려있다
액자 안엔 옥색 구름과 흰 하늘
시간이 멈추고 시간이 흐르고

방 한가운데 두 개의 침대가 있다
평상 위에 혹은
흰 눈 위에 있는 것 같은
나는 그렇게 백색 침대에 누웠다

오른쪽에
네가 웅크려 있고
또 한 침대엔 달콤하게 꿈꾸는
네가
네 분홍빛 얼굴이
입술 꼬리가 살짝 올라가 있다

두 사람은 다 내가 모르는 너
나는 너를 나라고 우기는 중

밤의 이야기 2

자정이 지나도록
그녀가 들려준 작은 할머니의 역사
고통과 슬픔과 눈물이 한꺼번에
버무려졌다

자식에게 버려진
노모의 고독사
겉과 속과 영혼까지 갈아서
자식에게 바치고도

자신을
세상 밖으로
던져놓은

노모는 자신 스스로를
장사지내고 세상에
이별을 고했다

새벽 1시 30분
작은할머니의 일생을 털어놓고

오석연 그녀는
아난티 코브 펜트하우스
405호를 빠져나갔다

그곳에 두고 온 내 나이 49세

깨어있는 날들은 네가
내 가슴에 쐐기로 돋아났고

네가 버거워 견디기 힘들어도
나는 나를 버릴 수 없었고
어디론가 던질 수도 없었고
네 그림자 지울 수 없었다

빛과 어둠이 등을 돌리고
내 앞에 오가는
블랙홀쯤이야 외면할 수 있고

자주 올려다보는 우주
그곳에
나의 길이 기다리고, 네가
나를 기다리는 곳이기도

트렁크에 비행기를
쑤셔 넣고 허공의 길로
네가 쉽게 가버린 외계를

인도 네팔 남극과 북극
그린란드, 아프리카
그곳은 너를 지워내는
상처를 깁는 공장이지

아프리카 원주민촌
내일이 없는 굶주린 병자들
그곳에 내 나이
49세를 두고 왔다

먼지의 집

그녀의 집은 서쪽에 있다

유리 한 장으로 구워내는 오후
투명한 창문들
양팔 벌리고 태양을
오래도록 끌어안고 있다

햇살은
발코니를 지나
응접실을 지나
부엌까지 밀려든다

먼지들의 춤
어지러운 물보라

머리카락 비듬
틈과 틈새의 먼지들

눈이 아프다
집이 아프다

그녀가 일어선다
함께 일어서는 오색 먼지들

수구레국밥

오늘 단백질 많이 드세요
등 너머로 들려온 그녀의 염려

오석연, 그녀는
병원 뒷골목
신토불이 식당으로 나를 데려간다

수구레 정식 백반 전문집
내겐 낯선 수구레
처음 보는 형용사
처음 듣는 명사
처음 먹는 동사

나는 그녀의 표정을 읽었다
딱 한 술만 떠보세요
포기 없는 그녀의 사랑
황우도강 탕이 아니에요
사발에 가득한 수구레

끌어당김의 고소함

입안에 고향이 돋아났다
10대에 먹었던 쇠고기국밥
엄마의 손맛이 입 안 가득 밀려왔다

추억을 읽어주는 수구레국밥
엄마가 그리움으로 와락
밀려온다

오이 팩

Water Free!
Foot Bath Free!
Cucumber Pack Free!
화안호텔 룸 냉장고에 붙은
메모지 내용이다

한지처럼 얇게 자른
팩용 오이 두 접시
푸른 눈으로
나는 배시시 웃는다

별나라로 갈 그날이
떠오르는 태양처럼 빠른데
결혼식 날 어여쁜 신부처럼
예뻐지고 싶은 나는
천사보다 더
고와지고 싶어

어떤 기일

장미 한 다발
걸어와 제 자리를 찾아 앉았다

핑크색 초도 제 자리를 찾았다
나는
장미 향내로 빛의 기도를 바쳤다

창문을 열었다

칠월 그믐,
해운대 바다
해운대 하늘이
뜨거운 바람으로 밀려들었다

온몸에 감겨드는 너를
여름 향기로 포근히 안았다

네가 아직도
내 몸에서 자라고 있다

언덕의 개나리

마르고 가느다란 나뭇가지
실타래처럼 얽히고설킨다
노란 물결이 어디론가 흐르고 있다

눈이 노랗고 귀가 노랗고
코와 입술이 노랗고
오장육부가 노랗고 물던 오후

너도 개나리
나도 개나리

너를 업고
노란 하늘을 나르고 날아서
그대 있는 곳까지

봄날의 꿈

시멘트 바닥에
머리핀처럼 꽂혀있는
길가 민들레
개울물 속삭임
하늘을 물고 가는
새들의 행진
달을 삼키는 구름
낮달이 떠 있는 회색 하늘
숲속에 풀어놓은 나의 맨몸
물속에 잠긴 나의 언어
맨발의 흙냄새
가족들의 수다
친구들의 수다
바람이 되고 싶은
꽃들의 방황
너는 민들레가 되어
예쁜 사람의
머리핀이 되어

꽃이 된 심장은

그대 돌아오기로 하고서
돌아오지 못했네
내게로 와서 스위스 여행 가기로 한
그 약속 나는 야물게 지켰는데

손가락 끼고 도장 찍은 그 지문 아직
손끝에 단단히 무늬로 빛나는데

그대와의 약속 내 심장에 심었네

두 개의 심장이 하나의 심장이 되어
자라고 자라는 꽃나무, 꽃자루의 숨결
싱싱하게 흐르는 새벽 강줄기

북쪽 하늘 끝 북극성
남쪽 하늘 끝 남극성
서로 달래보는 그리움

아름다운 물과 불의 조화입니다

붉은 차림의 별과 청색을 두른 보름달
안으로만 깊고, 깊은 단 한 장의 그대

빠담빠담 박동 소리 들리시나요?
기약 없이 끊을 수 없는 언저리

하나의 심장에서 빨강 파랑 두 개의 꽃은 피고

두런두런
빛의 대화

이향영(Lisa Lee) 시집

제3부

꽃의 내부*

꽃, 너는 말이고 언어를 키우는
요술 동자이지
소통의 길이고 화해의 격려이지

꽃, 네 속에서 샘물이 흐르고
섹스의 소통은 향기의 언어가 되지
꽃 대궁이 관계의 끈이고
해빙의 봄 자락이지

꽃, 너는 삶의 언저리이고
소실점으로 흩어지는
별들의 무리이지

꽃, 네가 끝이고 시작이고 꿈이지

내 자궁엔 장미 잎이
튤립 잎이 생동하는 꽃밭이지
다디단 단 꿀이 흐르는
벌과 나비들 네 안으로 투신하는
꿈을 꾸지

*데니스 오펜하임 : 꽃의 내부

그 집 정원

문밖에 문이 있고
그 문밖에 또 문이 있다
창가에 투명한
시폰 레이스 커튼
너울거리는 햇살

별 같은 불빛들
반짝이는 초록 잎
천장에서 꼬리를 물고
내려온
조명과 조명들

불빛은
틸란드시아 화분
흰 수염을 쓰다듬는다

그 집에는
제라늄
세이지
홍콩야자 수

로즈마리가

활짝 웃고 있다

이삭줍기*

바르비종 가을이
갈색 빛으로 익어간다

붉은 노랑이 섞인 들판
노동을 하는 사람들
멀리 원경으로 밀려나 있다

허공 가득한
가을의 결실

말을 탄 지주
일꾼들을 지켜본다

움직이는 하늘
파란 구름이 머문
황금알 들판

세 여인이
남루한 옷을 걸치고
가을을 이삭 줍고 있다

들판 가득
노을과
하느님이 내려와 계신다

두 여인은
나의 어머니
나의 언니들

*장 프랑수아 밀레: 이삭줍기

비트코인

하늘에는 깊은 우물 바다가 있다
담요처럼 먹구름이 있다
하늘 위,
하늘 속에는 동굴의 세계도 있다

동굴의 천정에는
셀 수 없는 젖줄이 달려있다
황금알 젖을
로봇의 손과 머리가 빨아댄다
'잠자고 부자가 되세요'

밤마다 황금별이 탄생하고
벼락처럼 떨어져 죽기도 한다
실체는 없는데
입어보라는 화려한 옷
블록체인
찬란한 비트코인

나의 뿌리는 흔들리는 바람이다
자꾸만 탐내어 보고 싶어지는

비트코인 블록체인 인공 지능로봇의
실체 없는 검은 유혹

현실에 발을 딛지 않고
로봇의 두뇌와 손은
잠자는 허공에 대고
황금알 젖을 짜며 탑을 쌓는다

실패는 무엇을 암시하고 있다
끝이 기다리는 가상의 세계를

김광석 거리에서

당신으로 만들어진
추억의 장소가 있다

당신 목소리 흘러 다니고
당신 입술이 나비 되어

내 심장의 박동으로
당신 목소리 따라 걷는
아니,
내 슬픔이 두 발을 들고 다니는

저 높은 곳에서 슬픔의
옷을 홀랑 벗어 던진 당신
내 아픈 과거의 옷까지
먼 곳으로 보내는

너무 아픈 사랑은 사랑이 아니었음을*

천년이 흘러도 당신의
거리는 슬픈 보석인 것을

2060세대의 친구들
하나로 어우러지는

노래 나비 거리거리
날아다니는
당신의 거리
천년의 사랑이 너울대는 거리

내 영혼 당신의 리듬으로
내 몸이 당신의 영혼 안으로
걷고 걸어 들어가는 거리

＊김광석의 노래 제목

마음의 총 자국

마음 깊은 곳에
총 자국이 살아있다

지우고 싶어 애를 쓰면
쓸수록 파랗게 돋아나고
총구가 내 가슴을
겨냥했을 때 벼락 맞은
떨림은 양다리로
수액을 내보냈다
내 온몸에서 그때
지진이 일어났다

오빠란 명사가
내겐 폭풍우를 몰고 오는
벼락이었다

부모의 유언이
형제간의 우애 였다
난 그 유언을
지킬 수 없었다

나는 날 위해서 오빠를
내 마음에서 없애야 했다

'오빠의 연애 사업을
서당 훈장이셨던 아버지께
보고 한 일이 전부였었는데'

오빠는 실탄이 박힌 권총을
나에게 겨누다 결국은
허공을 향해 쏘았다
그 실탄이 지금도
마음 깊은 곳에 박혀있다

단 한 번도 그립지 않은
오빠의 장례식에 연락을
받는다면, 넌 어떻게 할까?

핑크 달, 갠지스강에서

빈티지 스타일의 노래
공중을 향해 울려 퍼졌다
망자를 위한 의식의 축제
강을 춤추게 했다

하늘엔 핑크색 보름달
성스럽게 떠 있다
지구별에서 온 여행자들
작은 쪽배를 타고
성스럽다는 갠지스강물에
촛불을 띄운다

액운을 보낸다
사나운 악연을 흘려보낸다
마음을 담고 정성을 담아
기도의 손으로
희망을 부르고
꿈이 꽃피는 계절을 키운다
그리움이 따라서 자란다

온갖 시체를 씻은
유골을 뿌린 강물이
성스럽다는 인도인들
그들은 그렇게 믿었다
그리운 혈육이 성스러운
피안의 길을 떠났다는 것을

신의 향기

짙은 청색 하늘이 보인다
흰 구름이 하늘 가득
수채화를 그린다

사람이 걷거나
기도하는 것 같은
십자가 비슷하고 백곰이
사람을 따르는 풍경이다

비행기가 십자가로
겹쳐지는 가 목화가
이곳저곳에 피어 있는
짙은 북청색 바다처럼 보이고
파도가 그린 파스텔 그림 같은

하늘과 바다 사이에 씌어 있는
괜찮다 모든 게 무너져도 괜찮다
너는 언제나 괜찮다
너는 너의 상처보다
너는 크다 하늘만큼

마치,
신이 인간의 상처를 보듬는
글 같다
저기 신이 쓴 글 아래
노랑 유채화 흐드러지게 피었다

영혼의 꽃들
신기루로 보인다
신의 숨결이 인간의
상처를 위해 노랗게
자연의 향기를 쏟아 놓았다
노란 향기가 치유의 힐링으로
춤을 춘다

하늘과 들판에 평화가 가득한 풍경이다

벽

이 층 작업실
그녀는 모든 소음을 차단했다

창밖에서 들려오는 잡음들
고독의 벽으로
단단히 막았다

작업에 도움이 되는
음악도 묶고
전화도 잠재웠다

그녀는 온전한 외로움으로
자기를 비밀에 가두고
곡선을 디자인했다

쓸쓸한 여인들
그녀의 드레스 속에
알몸을 끼워 넣을 때

외롭지 않게

기도로 그리는
몸에 달 날개 옷
굴레 속 여인 위해
선물하고픈 자유

갑자기 고막을 흔드는
야옹야옹~~
고양이 울음
소리 없는 걸음으로
가까이 들어오는 향기

더 가까워지고 있었다

순간, 고독의 벽은 흩어지고
고양이,
작업실 문을 울음으로 연다

외로움이 벽을 헐고 온
순간의 환희

이민 가방

미래를 담고
꿈을 담고
목숨을 담고
당신과 나를 담아서 떠났다

칠흑 같은 새 터전
희망은 보관되어 있지 않고
총잡이에 익숙한 검은 대륙의 군상들
황야의 쌍 칼잡이 침범자들
우월감에 넘치는 백색인종
차별차별 또 차별
보이지 않을 짙은 학대

붉은 머리
검은 머리
흰 머리
노랑머리
뭇 인간 밀집의 전쟁터
버틸 심장은 권총 앞에 바들바들

당신이 들고 간 큰 가방
바닥에 배를 갈라놓고
미래와 꿈을 도로 넣고
우리와 목숨도 도로 챙겨 넣었다

돌아갈 길이 막힌 원웨이 티켓
루비콘강물이 범람했다

미포의 봄

멀리 회색빛 산이 있다
또 다른 작은 섬엔
등대 하나 쓸쓸히 서 있다
키 큰 등대엔 불이 꺼져 있고
등대는 따뜻한 가슴이 그립다
밤을 기다리는 등대
겨울이 밀려가고
봄 햇살이 켜질 때
외로움은 풀릴 것을

미포의 오후
바다는 윤슬의 미소다
반짝이는 웃음도
만드는 바다
하얀 쪽배 하나
미포를 향해 걸어가듯
봄이 오고 있다
빙점이 된 가슴에
봄바람 불어오면
해빙으로 자유 할 그날!

가야산 비밀

그의 과거는 권총이죠. 차가운 쇠뭉치를 장난감처럼 가지고 놀기를 좋아하는 괴물은 오빠였죠. 커다란 창가에 달빛이 스며들 때 실루엣이 된 자세로 비밀스럽게 감추어둔 총기를 꺼내 정성으로 닦곤 했죠. 은빛 달빛이 쇳덩이 위에 머물면 그의 눈알에서 광기가 지나가요. 위험한 장난감을 가지고 노는 것이 희열이고 권력인 것으로 아는, 북쪽 하늘 아래 머문 누구를 닮았거든요. 가슴에 폭탄을 안고 노는 장난감은 클라이맥스 극치로 흥분되는 쾌감이죠. 원래 금지된 것은 즐거움이 배가 되기도 하지만, 한번 그 맛을 알면 상황 판단이 흐려져 배를 산으로 몰고 가기도 하고요. 그는 어느 날 이른 아침 열한 살 난 소녀를 깨워 가야산으로 올라갔죠. "널 죽일 거야 내 연애 사업을 네가 망쳤으니" 총구가 소녀의 가슴에 적중할 태세였죠. 열한 살 소녀는 두려움에 귀와 눈을 감고 오줌을 지리며 두 손바닥에 뜨거운 김이 불이 되듯 빌었죠. 오빠의 비밀을 시골 아버지께 고한 죗값이 너무나 컸죠. 가야산 사건 이후 소녀에게 오빠는 괴물이 되었죠. 권총이 자기를 잡아먹을 괴물이란 걸 그때 그는 몰랐으니까요.

산책*

마을 끝 언덕 위
단 하나의 핑크 집이 있다
집은 유난히 밝고 환하다
늘 꿈이 머물러 있는 집이다

한 남자가 지붕에 서 있다
검정 슈트에 흰 컬러가 있는 셔츠를 입고
그의 양복 허리춤에 물고기 모양의
눈이 새를 보고 있다
남자는 손에 한 마리 새를 쥐고 있고
비둘기 배처럼 보이는 무늬가 옷에 살아있다

한 여자가 남자 반대쪽 마을
지붕 위로 높이 날고 있다
남자의 왼손이 그녀의 오른손을 쥐고 있다
그녀의 눈빛은 두려움을 읽을 수 있고
입술엔 기쁜 미소가 번져 보인다

여자의 머리엔 양옆으로
반짝이 핀으로 치장을 하고 있다

그녀가 입은 분홍드레스 무늬는 추상화다
드레스 말단에 새 날개처럼
꽃잎들이 피어있다
그녀가 신고 있는 구두 디자인도 꽃잎이다

분홍 집은 여자와 남자의 미래다

빨갛게 핀 꽃이 있다
꽃 속에 남자와 여자가 있다
여자 주변엔 아이 강아지 물고기 보석
구두 와인병과 술잔 그리고
온갖 꽃잎과 씨앗이 분홍 집에 있다
꿈의 집에 그들의 미래가 아늑하다

*마르크 샤갈: 산책

비단 향 꽃무

그녀는 입으로 아이를 낳았죠

 향기를 입으면 아름다움이 움트겠지요. 그런데 많은 사람이
좋은 일이라 말하면서 스스로는 싫어할 일이에요. 그 일은 결
단보다 생각이 길어야 하거든요 생명을 나누면 꽃피는 숲이
되겠죠 사후를 건넨다는 것도 자기의 소멸을 그리는 일이니까
요 그녀는 자기의 두 눈을 기증하지요 꿈도 주고요 꿈을 담을
빈 그릇까지도, 꿈을 줄 때 속이 메스꺼웠죠 구토도 심했구요.
죽을 만큼 허열도 났고요 그녀는 입으로 아이를 낳았죠 힘든
해산의 고통은 생명을 피울 수 있잖아요 더 이상 위대한 일이
있을까요 세상이 사라지고 자기가 사라져도 찬란한 해 떠오름
을 보며 황홀한 노을을 들이쉴 수 있다는 것은 기적이니까요
참으로 멋진 마무리고 시작이죠 그녀는 장기기증 대기자 명단
에서 탈락한 그의 흑암 속으로 스며들기로 했지요 빛이 어둠
을 지키고 꽃들이 절망을 건지고 새들이 하늘을 말하는, 그를
통해서 먼 길 떠나면서 남길 수 있고 볼 수 있는 것 중, 생의
절정을 만질 수 있는 아름다운 영원이란 걸 알게 됐죠 그녀는
자기가 소멸한 세상에서 사계절을 딜레탕트로 즐기죠. 풀들이
생성하며 지워지는 웃음을 보면서요 그는 자신 속에 스며든
그녀로 몸이 등대가 되길 바라지요 어둠 속에서 바다로 향하

는 친구들의 양손을 잡고 환한 길을 가죠. 죽은 이의 몸에서
돋아 난 희망 씨앗은 살아있는 몸에서 영혼의 싹을 틔워 비단
향꽃무처럼 사그라지지 않는 영원한 별이 되지요

헤겔의 홀리데이*

두 가지 사물이 따로 있지 않고요
우산과 물 컵은 한 몸이네요

연한 갈색 벽 앞에 활짝 펴진 검정 우산이 서 있네요 우산 꼭
지는 없고 투명한 유리컵 속에 물이 찰랑거리고 있고요
컵에는 물이 75%쯤 담겨있네요

우산 손잡이는 대나무로 만들어있고요
직선 대나무가 옷걸이처럼 디자인되어 있네요 우산 날개를
이고 있는 몸체는 황금색이고요
지팡이랑 똑 같네요

우산 날개의 살들은 검은색 천 위로
뼈처럼 도드라지게 올라와 있고요,
밤에 자기를 점검하고 먹이 찾아
나갈 준비 하고 있는 박쥐가 펴고 있는 날개네요

물 잔은 비 오기 전 미리 우산을 준비하라는 암시일까요? 삶
은 언제든 예측 불허의 일들이 일어날 수 있다는 뜻일까요?

이것은
'우산과 물 컵이 있는 그림'이 아니죠

르네 마그리트의 의도는 '파이프'처럼 이미지만 빌려 온 거
죠. 사물과 이미지 구분이 확실히 돋보이는 그림이네요

주제를 혼란스럽게 하는
두 가지 사물은 뭘 말 하나요?
참 이상하죠? 화가는 물 잔을
바닥이나 테이블이 아니고
왜 우산 위에 놓았을까요?

*르네 마그리트: 헤겔의 홀리데이

잘못된 거울*

둥근 항아리 속에 담긴 너의 눈
손바닥 안에 등장하는 너의 눈
조각으로 빚어진 너의 눈

너의 왼쪽 눈에
나의 오른쪽 눈을 갖다 놓는다
우린 깊게 마주 보고 있다
너의 동공은 까맣게 죽어있다

나는 너를 안고
나의 별빛 동공이
레이저로 너를 쏜다
나의 생명 줄이 네게 연결된다

너의 눈엔 파란 하늘
밝게 웃는 구름
검은 동공 안에
한 폭의 자연이 담겨있다

나의 눈은 너의 눈을 닮고

너의 눈은 나의 눈을 닮았다
내 눈엔 구름이 하늘을 밟고
너의 눈은 지구를 돌리고 있다

미국 한 방송사에서
로고(CNA)가 된 너의 눈
너의 눈은 우주를 닮고 있다

* 르네 마그리트 : 잘못된 거울

물방울처럼 쌓고, 쌓고 흐르다 단절하는 계절

거리를 집으로 만드는 여인. 해운대 바닷가 오솔길 숲속 나무 벤치. 그녀가 안방이 되기도 하는. 그녀가 나의 이마에 보고하듯. 구름과 놀고 바다와 놀고 돌과 놀고 파도와 놀고 소나무와 놀고 솔방울과 놀고 외로움과 놀지. 배시시 웃는 그녀의 얼굴은 달빛이 층층이 담겨있다. 자연이 친구이고 사물이 노리개인 그녀. 결국엔 외로움을 가지고 논단다. 인간의 숙소가 외로움이란 시의 구절이 소낙비처럼 사라진다.

조상을 쌓고 부모를 쌓고 형제를 쌓고 친구를 쌓고 스승을 쌓고 연인도 쌓고 모든 인연을 쌓고 또 쌓고 쌓아 올리는 관계. 영혼을 쌓고 손바닥을 쌓고 천년을 쌓고 쌓은 에너지를 썰물처럼 밀어가는, 세상을 놓기에 버거워 너무나 버거워서 다 놓고 놓았다는 달빛 여인.

로스앤젤레스 행콕 파크 거리를 내 집이라던 미스 마리골드. 그녀와 겹쳐있는 인생행로. 싱어송라이터로 화려한 셀럽이었던 마리골드. 대중공원이 잠자리이고. 거리를 놀이터로 즐기기도 하는. 새들이 물어다 주는 빵조각이 그녀의 먹이고. 다람쥐와 고양이들과 나누는 빵과 말을 최고로 느끼는. 별이 떨어져 땅을 생활하던 그녀.

버텨내는 시대를 읽지 못하는 새순처럼, 여리디여린 마음을 놓고 또 놓고 놓아버리는 것. 끊어내는 것. 끊어서 던지는 것만이 견디는 삶을, 선택하고 선택했다는. 변하는 것이 관계의 계발이다. 강물이 흐르고 돌들이 흐르고 별빛이 흐르고 은하수가 흐르고 블랙홀이 흐르고 구름이 흐르고 달빛이 흐르고 달빛 품은 나무들이 흐르고 빗물이 흐르고….

물방울처럼 쌓고 쌓으며 흐르고 흐르다 단절하는 계절

두런두런
빛의 대화

이향영(Lisa Lee) 시집

제4부

헤드 스페이스*

삶이란 무엇일까?
끊임없이 밀려드는 파도처럼
끊임없는 괴로움이 밀려든다
젊어서는 사랑이란 투쟁으로
고통스러웠고 힘이 들었다
사랑의 갈증은 끝이 보이지 않는데
경제의 전쟁이 일어났다
물질이 주는 어려움은
바다 위에 뜬 난파선 같았다
경제가 숨을 돌릴 즈음
건강의 폭우가 몰아쳤다
몸과 마음이 고통스러울 땐
세상이 비참하다
오, 이것이 인생인가?
뭘 위해 이렇게 달렸던가?
마음 챙김이 중요한 시점이다
영혼을 위한 건축을 해야한다
명상의 세상으로 여행이 필요할 때
나를 헤드 스페이스*로 인도하고 싶다

*헤드 스페이스 명상앱. 설립자 『당신의 삶에 명상이 필요할 때』 저자 앤디 퍼디컴

얼음 무덤

너는 멋지게 죽는 것이 꿈이라 했다
북쪽 끝 그린란드에 간 너는
푸른빛을 이고 우글쭈글한 구름을 걷고
아슬아슬한 크레바스에 빠진다
빙산뿐인 나라에 들어섰다
바다엔 옆도 뒤도 아래도 위에도
천지가 거대한 얼음마을뿐이다
신들이 숨어 사는
예술가들이 숨어 사는
햇빛이 조명으로 부서지는
빛나는 크레바스의 절벽
얼음산으로 채워진 부요
크레바스의 깊은 동굴
너의 적은 빛이고 사랑이다
유리산 같은 너는
소름 끼치도록 햇빛을 좋아했다
빙하의 바람이 너를 온갖 동물들
사람과 역사의 그림자를 조각하는
신의 가슴까지 창작했다
햇살이 너를 품을 때

안으로 흐르는 떨림들
너는 절정의 몸
빙산은 샨데리아 빛 웃음을
기괴한 천둥처럼 내지른다
햇살 유리
뜨겁게 녹아드는 빛이 아프다

얼음 축제

홋카이도 치토세 시코츠 마을
호수 사람 얼음 사람
바람이 낳는
눈송이 송이송이 꽃잎이 되고
어깨 나란히 발목으로 손잡고
서로의 온기를 접속하는
푸른 투명이 빛나는 신비
하얀 전설의 겨울새들
나뭇가지에서 노래하는
얼음 사람 눈사람들
오, 햇살 떨어지는 희열
눈발들 모여 춤으로 출렁이고
서로가 서로를 보듬는
몸 부비는 얼음 축제
천년을 사는 얼음
만년을 즐기는 축제
물새와 물고기들
시코츠 호수 안과 밖으로
어우러지는 교감, 신나는
치토세 시코츠의 얼음 축제!

그대의 숲

그대가 그립다
그리움이 불어온다
바람 타고 그대가 일렁인다
숲의 향기를 먹는다
그대의 영혼을 당긴다
내 안에 스미는 그대!
두런두런 주고받는
언어들
초록 강물
기포와
구름과
나무들
그대는 내 몸에
새싹으로 돋아나
바람을 만드는 소리
숲의 호흡은
그대의 노래!

연탄배달

연탄배달 봉사를 자청한 나에게
지인들 여럿이 강력히 반대했다
저를 살리는 셈 치고 제발 취소해 주세요.
무릎과 허리가 아픈 사람이, 내가 빈첸시오회
찾아가서 취소시킬 테니 그리 아시오
노인이 고집 피우면 주변이 힘들어져요
이젠 내가 판단하고 결정할 일이 점점 없어져
사그라드는 위축감이 슬펐다
내 속사람만이 아는 일이 따로 있었는데
고액권을 한 뭉치 준비해가서
기초 생활 수급자들에게
내 속마음을 나누고 싶었는데
내가 어렸을 때 전기와 수도가 없는
산비탈에 살았다고
동병상련의 따뜻함을 나누고 싶었는데
안도현 시인처럼
훌륭한 연탄 시는 못써도
연탄보다 더 검고 차가운 겨울을
그들의 마음에 온기 느껴지는
순간을 데워주고 싶었는데

아마도
연탄배달보다 더 절실한 일이
나를 기다리고 있는 것은 아닐까?
내가 움직일 수 있을 동안
시린 손등 따뜻이 데워 줘야 할 곳이
어딘가에 나를 기다린다는 생각이
새로운 기대가 되어 희망이 생겼다

본래성불

너를 잃고 눈물의 노래로
내일을 살았구나!
목사님 한 분이 유골을 책상 서랍에 두고
죽은 자식과 무시로 소통한다 했습니다
그때 소름 끼쳤던 순간이 무의식에 뿌리내려
내게로 전염되듯 생겨난
내 몸 안에 있었던 네가
밖의 세상에 나와서 보이는 나를 만났고
서로 기대어 한 몸으로 살았지
어느 날 벌레 먹은 고목 앞에서
푸르청청하던 나무는
한순간 벼락으로 쓰러졌고, 그 이후
분신의 유골 가루는 나를 따라
그린란드, 보스니아, 타히티, 아프리카 사바나로
돌개바람 되어 가는 곳마다.
내 몸은 재가 되어서 뿌려지고
내 뼛가루는 땅 끝을 유유히 돌고 돌아
먼지와 물로 혹은 호흡하는 공기 되어
다시 내 안으로 돌아와
부분이던 내가 온전한 나를 만나듯

절체절명의 위기는 잠잠한 평화이고
고요히 내 안에서 의미로 꽃피는 너는
단단하게 잘 여문 본래의 우리는 하나였지
내가 흩어져 너로 태어난
내일의 삶을 성불한 본래의 너는 누구였을까?

스마트폰

온몸으로 괴성을 지르고
소리 높여 부르고 불러댄다
세상 사람들은 너를 열광하고
모든 지식과 정보의 도서관인
너를 연인처럼 품고 다니지!
네가 없으면 중독에 벌벌 떨고
네가 내게 딱 붙어있으면
세상을 가진 것처럼 든든하지
그런 네가 때로는 정말 지겹다
나의 시간을 앗아가고
나의 자유를 가져가고
나의 의식을 훔쳐
가는
너를 과감히 절제된 박스 속에
사도세자처럼 가두고
열쇠로 묶고 돌아섰다
너의 소리를 던지고
친구를 던지고
세상을 던지고
그 모두를 던져버렸다

푸르게 펄럭이는 하늘이 있고
노래를 작곡하는 새들이 있고
클래식을 연주하는 물소리가 있고
내 안에 스미어 속삭이는 바람이 있고
이렇게 여유를 누렸다
갑자기, 네가
연인보다 더 보고 싶다

무덤 이야기

내 몸에 무덤이 있다
여럿이 살고 있는 하나의 몸
할머니가 등장하고
할아버지가 등장하고
어머니, 아버지 그리고
돌아가신 사람들!
기와를 날려버리고
흙 지붕을 날려버리고
오늘은 할머니를 꺼내 놓고
어제는 아버지를 꺼내 만나고
내일은 어머니를 꺼내 얘기하고
다시 만나고픈 그 사람
깊이 보관하고 있다
그 사람과 단둘이서
지중해를 돌고
아프리카를 건너
남극의 얼음 나라에서
하나의 영혼이 되었다
무덤 안에서 우리는
자유로운 관계이다

줄기세포의 봄

아픈 피의 울음은 녹색이다
피는 번질나게 비틀거렸다
휘청거림은 어지럼으로 몰아가고
눈물 먹은 혈관은 자기 길을 잃고
막혀버린 골목이 괴성을 내질렀다
잠잠하던 통증이 나부댔다
그녀는 자신의 혈관에게
스팀 셀의 에너지를 선물했다
잠잠해진 혈관이 배시시 장미로 변했다
함성을 몰락시킨 고요가 환하다
천억 갈래 피의 길에 햇빛이 스미고
그녀의 몸에 장미가 만발했다

길이 없는 그 길을

꿈에도 볼 수 없는 그 길을
스스로 길이 되어 떠나신
외롭고 쓸쓸한 하얀 그 길에
라일락 꽃물 드려, 도려낸 제 마음을
그 길에 깔아 드립니다

엄마! 어머니! 어머님!
불러보는 제 목소리만
소리 없는 슬픔으로
제 가슴 깊이 밀물처럼 스며듭니다

아무리 가도 가도 끝이 없을
멀고도 가까울 그 길
동행하지 못하는 마음
이리도 힘이 들 줄 몰랐습니다

어머니, 당신은 이 사바를 떠나서
더 또렷한 무형(N)으로
빛의 카로caro*로 오셔서
마음의 하늘이 되고

울타리 없이 확 트인 제 안으로
시공간을 초월해서 오가고 있습니다

길이 없는 그 길은
오직 당신만이 드나들 수 있는
제 몸과 마음 라벤더로 천연염색 하여
향기로운 보라색 길을 내어
두런두런 빛의 대화 나누며
늘, 당신과 함께 합니다 어머니!
존경하고 사랑하는 나의 어머니!

* 카로(caro) : 몸과 마음이 하나 된 영혼
  카로 : 프란치스코 교황은 바라봄이라 했고
  카로 : 철학에서는 인식함이라 했고
  카로 : 심리학에서는 알아차림이라 했고
  카로 : 불교에서는 깨달음이라 했고

한국인 소녀상을 위하여
- 위안부를 위하여

흰 눈이 보드랍게 싸매준다
아직도 아려오는 검붉은 상처를
온몸을 밟고 지나간다
낯선 군화들의 칼날
무 질주의 장갑차들
가녀린 꽃봉오리를
갈기갈기 찢고 쳐부순다
바람이 후벼 파는 마른 눈물
하늘로 핏물이 새겨진 꽃잎들
나라 뺏긴 모진 진통이
여린 핏속 구석구석 박으며 지나간다
비 온 뒤 아침 산책길
거품 토하며 신음하는
달팽이들의 으스러진 몸처럼
외지인들의 무거운 발밑에 깔려
비명의 피눈물 흘려도
몸의 절규를 계속 밟고 지나간다
철천지원수의 저 악랄한 괴성
오늘도 거짓과 거짓의 깃발로
아니라고 또 아니라고

세상 한가운데서 역사를 덮으며 아우성친다

그날은 하늘이 증인이다

이름 모를 군화들이

내 생을 짓이겨 놓아도

정신만은 오직 나의 것

누구도 강탈할 수 없는 대한의 혼

흰 눈이 따사롭게 싸매준다

천년의 한恨을, 갈라진 가슴을

나도 대한의 딸 '용의 딸들'* 중 한 사람

내 나라의 치마폭이 고이고이 감싸 준다

* 『용의 딸들』 소설. 윌리엄 앤드류 지음

매켄지 정상의 태극기

— 고상돈을 기리며

만년 설산을 흠모하는
산악인 마을 타키트나!
고상돈, 그가 있거나 없거나 찾아간
산을 사랑했던 무덤 동네
그의 비석 앞
묵념의 꽃다발 십자가 위에 놓고
애기 키 만큼 자란 잡초들 거둬냈다
하늘 높이 쌓인 눈
푸르게 부서지는 햇살
지구가 숨 쉴 저 거대한 산속
내려오기 싫어 그리움으로 묶인 잠
영원불변의 젊음
그의 불사조 정신 눈비로 전해지던 순간
나비의 널판 된 내 가슴
매킨리 정상의 신선 되어
알래스카 하늘 위로 태극기 휘날리며
빛 고운 백설 이불 덥고
매킨리산에 잠든 산의 아들!
위험의 끝자락 즐길 줄 아는 도전정신
고상돈, 발바닥 우주선 타고 간

이 시대의 젊음은 참 용기를 부러워하는
그의 영혼은 태극 깃발로 높이 자라고

귀야, 우리 낙원 가자 7

귀는 영물스럽다
커튼
1000피트 밖의 제
커튼에 잡힌 주름들
짝을 알아보는
당신 얼굴
나비처럼 먼 것을 감지한다
내 얼굴
주름져 웃어도 아름다운
귀는 외출을 싫어한다
일진을 본 후 출타하는
어느 역술가처럼
우리 얼굴 같다
이만큼 와서 보니
우리 참 잘살고 있다
서로의 영혼에 기대어
아늑한 커튼처럼!
귀를 집에 두고 다닌다
설 때 없는 것들로부터
멀어져야 하기에

귀는 잠자는 것이 취미이다
귀야, 우리 낙원 가자
하루살이들이 자기의
계절을 내치는
폭력 같은 폭서
마구 몸을 던진다
콧구멍으로
귓구멍으로
컷 속에서 헤엄치고
자라나는 벌레처럼
죽은 듯이 잠잠히 있는 귀
세상 스토리를 다 저장한다
이 땅에서 살아가는 일
그래도 재미있다고
귀는 둥글게 문을 연다

빈 베개

침대 위에 있는
두 개의 베개
내 옆에 있는 빈 베개에
책이 잠자고 있다
그대 베개 빼앗아간 책
책 속에서 그대가 나오길
잠을 불러드려
꿈을 열어 놓는다
바쁜 세월
초록 시계가
원을 돌며 달리고 있다
저만 가지 않고
나를 데리고 달려간다
그대 만날 때까지 날아가리
그대가 은하수 건너에 있어도
푸른 정
맛상게아나 란 화초가
침대 옆에서
밤마다 나를 지켜본다
내가 그렇게 좋아?

나도 네 푸른 미소를
보고 있노라면
첫사랑이 몹시도 그립거든
그 미소를 따라 달아난 혼
어디에서 헤매고 있는지
돌아올 줄 모르는!

어떤 그림

엄마는 어린 딸을
사랑으로 안고 있다
그런데
엄마의 눈망울은 슬프다
출가한 딸이 그리워서
엄마의 품에서 딸은
영원히 떠나지 않는 존재다
엄마의 생이 다할 때까지
아니,
죽어서도 그리울 핏줄
이 땅에 두고 갈 자신이
오래도록 지워지지 않을
영원한 그리움의 형상이 되리
편백나무 침실
사랑은 먼저 떠나고
당신 흔적이 지워진 침대
꿈도 멀어진 이불 속
잠은 나그네 되어 외출하고
그리움만 무거운 침실
당신은 편백나무의 혼으로

향기로 안아주는
들판의 풀꽃으로 만나는 사랑!
그대 생각으로
커피 많이 마신 날
잠을 설치는 것도 좋은 날
고소한 커피처럼
그대 향기로 밤을 채우는

사라진 그대가

노르스름한 개나리 빛
비타민 C 레몬 물이란다
향기가 돌고 도는 사우나탕
몸을 담그고
마음을 담그고
느슨함을 누인다
편함을 틈타 그대가
사로잡은 내 심장
산타모니카 집
뜰 안에 심은 레몬트리
조롱조롱 달린 따스한 손길
그리움의 신맛
뼛속 깊이 젖어 들고
레몬이 와글와글 나를 감는다
그대 봄이 된 지 스물여덟 해
올해도 개나리는 오고 오는데
노란 아픔이 익고 익어
아다지오로 스며드는 물별
이른 새벽 하늘가
노란 별 하나

툭툭 그리움 찍어내고
나는 레몬 한입 가득 베어
물고 질근질근 씹는다

민덕기 할머니
  -SBS 세상에 이런 일이

태양이 터지는 웃음
환한 빛이 뿌려지고
바라만 보아도 몸이 꿈틀거리는
일이 운동이고
운동이 일인 93세
쉬면 탈이 난다는 몸뚱이
바퀴를 보면 굴리고 싶다던
어느 시인의 말처럼
굴리고 또 굴려 굴렁쇠가 된 몸
근육이 탱탱한 에너지
20킬로그램의 콩 자루도 번쩍번쩍
눈이 내린 지리산 정상도
토끼마냥 뛰어오르는
찬란한 햇살 웃음 뿌리는 할머니!
그 웃음에 저 멀리 달아난 눈빛들
강강술래 하듯 모여드는 마을 친구들
굴릴수록 기쁨이 솟아나는 오묘한 샘물
늦게 핀 꽃으로 모두에게
잘 사는 법칙을 보여주는 듯
웃음보따리 굽이굽이 풀어놓는
민덕기 할머니!

슬픔이 나에게 도착했을 때

손순미(시인)

슬픔이 나에게 도착했을 때

— 이향영(Lisa Lee)의 시세계

순순미(시인)

　이향영(Lisa Lee) 시인의 시는 슬픔의 감정을 예술 작품으로 승화시킨 세계이다. 인간의 감정 중에 슬픔이란 감정은 치유의 정서이긴 하지만 개인이 이를 발전 단계로 인식하여 예술 작품으로 탄생하게 되면서 예술은 한 인간의 삶을 구원하고 우리에게도 전율과 아름다운 용기를 갖게 한다. 시집『두런두런 빛의 대화』는 생의 고통이 주는 강박과 고독을 섬세하게 그려내고 있다. 시편들은 한결같이 불안과 화려함이 뒤섞인 작품이 등장하지만, 그녀의 시편들은 '따뜻한 불안'을 가지고 있다. 거기에는 작품의 배후에 창작자 개인의 예술적 능력을 통해 발현되고 있는 애틋한 드라마들이 버티고 있기 때문이다.

　　변기 속 휴지에
　　붉은 입술 떨어져 있다
　　물 위에 떠 있는

한 장의 꽃잎
한 장의 입술

사라지는 것이 두려운 입술
입술은 물을 물고 악착같이
변기 속에 매달려있다

물 위에 떠 있는 입술이
익은 보리수 빛으로
심장을 쿵쾅거리게 한다

변기에 머리를 처박고
물속에 떠 있는
입술에 키스하고 싶다

누가 그녀의 입술을
변기에 던졌을까
누군가 훔친 입술
변기 속 캄캄한 터널로 떠내려간다

ー「변기」 전문

　　이향영 시인의 표제작 「변기」는 63편의 시 중에서 가장 모던한
시적 지향성을 보여주고 있으며 나머지 작품 성향과는 확연히 다
른 구분을 갖고 있다. 「변기」는 그녀의 감각과 재능의 방향이 어
디에 있는가를 발견하게 하는 작품이기도 하다. 저 유명한 뒤샹
의 '변기'가 소변을 보는 목적으로 제작된 '변기'에 예술성을 선언
한 작품이라면 이향영 시인이 '변기'에서 시를 발견하는 감각 역

시 특별하다. 시인의 감각은 립스틱 자국이 진하게 묻은 휴지를 변기에 빠뜨리는 단계에서부터 시작된다. "붉은 입술 떨어져 있다/물 위에 떠 있는/한 장의 꽃잎/한 장의 입술/사라지는 것이 두려운 입술/입술은 물을 물고 악착같이 변기 속에 매달려있다"라고 말한다.

뒤샹이 변기를 통해 말하고자 했던 것은 물리적 속성의 아름다움이 일상 사물도 얼마든지 예술이 될 수 있다는 개념이다. 시인은 외출에서 돌아와 입술의 립스틱을 닦아낸 휴지를 변기에 던져버린다. 물을 잔뜩 머금은 휴지의 립스틱 자국은 선명하면서 도발적이기까지 하다. 휴지는 변기의 물을 내려도 쉽게 내려가지 않고 생명을 가진 그것처럼 악착같이 매달린다. 립스틱이 묻은 '휴지'라는 사물은 급기야 생명성으로 전환되고 시 「변기」는 단순한 사물의 과정을 묘사와 은유적인 기법을 동원하여 시적 효과를 크게 획득한 경우이다.

> …(중략)…
> 무의식과 잠재의식으로 뿌리내린 독의 혼은
> 잊힌 존재로 사라졌다가
> 기억의 줄을 타고 다니고
> 지난날을 되새기고 되새기는 독은
> 소멸을 모른다
> …(하략)…
>
> — 「언어가 꽃이 되는」 부분

> 방 한가운데 두 개의 침대가 있다
> 평상 위에 혹은

흰 눈 위에 있는 것 같은
나는 그렇게 백색 침대에 누웠다
…(하략)…

– 「밤의 이야기 1」

빛과 어둠이 등을 돌리고
내 앞에 오가는
블랙홀쯤이야 외면할 수 있고

자주 올려다보는 우주
그곳에
나의 길이 기다리고, 네가
나를 기다리는 곳이기도

트렁크에 비행기를
쑤셔 넣고 허공의 길로
네가 쉽게 가버린 외계를
…(하략)…

– 「그곳에 두고 온 내 나이 49세」 부분

핑크색 초도 제 자리를 찾았다
나는
장미 향내로 빛의 기도를 바쳤다

창문을 열었다

칠월 그믐,

해운대 바다

해운대 하늘이

뜨거운 바람으로 밀려들었다

온몸에 감겨드는 너를

여름 향기로 포근히 안았다

네가 아직도

내 몸에서 자라고 있다

…(하략)…

– 「어떤 기일」 부분

　"슬픔을 충분히 슬퍼하지 않으면 치유가 일어나지 않는다."[1] 그 감정들은 내면 깊숙이 숨어 있는 것이지 사라진 것이 아녀서 슬픔을 깊이 공감해줄 대상과 사물이 필요하다. 「언어가 꽃이 되는」, 「밤의 이야기 1」, 「그곳에 두고 온 내 나이 49세」 등에는 시인의 체험적 고통이 고스란히 드러난 작품이다. "잊힌 존재로 사라졌다가/기억의 줄을 타고 다니고/지난날을 되새기고 되새기는/독은 소멸을 모른다"에서 '독'은 지독한 고통의 범위일 것이다. 하지만 그녀는 고통 자체보다는 고통 이면의 또 다른 감정들이 무수히 공격하게 될까 봐 두려워하고 있으므로, 고통을 느끼지 않으려 하지만 그것은 언제나 그녀의 무의식을 공격하고 지배한다.

---

1) "슬픔을 충분히 슬퍼하지 않으면 슬픔을 끝낼 수 없다. 슬픔을 통해서만 고통을 스스로 치유할 수 있다." (출처: 「사랑하는 사람의 죽음이 내게 알려준 것들」 줄리아 새뮤얼 저, 김세은 옮김 (더퀘스트) p.17

"방 한가운데 두 개의 침대가 있다/평상 위에 혹은/흰 눈 위에 있는 것 같은/나는 그렇게 백색 침대에 누웠다"라는 부분에서도 그녀의 고독은 조금 위태롭지만, 곧 그녀는 혼자만의 몫으로 담담하게 현실을 받아들인다.

"자주 올려다보는 우주/그곳에/나의 길이 기다리고, /네가 나를 기다리는 곳이기도"(「그곳에 두고 온 내 나이 49세」)에서 평생 가슴에 자식을 묻어두고 사는 모성이 안타깝고도 먹먹하다. 그러면서 자신도 이제 늙어 언젠가는 아들과 만남을 기약한다고 하지만 그녀는 아직 삶에서 할 일이 많다. 꽃과 새와 골목과 사람들과 풍경들 그리고 시와 예술이 아직은 그녀를 꼭 붙들고 있기 때문이다. "핑크색 초도 제 자리를 찾았다/나는 장미 향내로 빛의 기도를 바쳤다 (…중략) 네가 아직도/내 몸에서 자라고 있다"(「어떤 기일」) 역시 어린 청춘의 아들을 잃은 안타까운 모성을 읽을 수 있는 작품이다. 인간이 살아가면서 겪는 고통 중에는 자식을 앞서 보낸 경우가 제일 클 것이다. 그 고통을 겪은 사람에 대해 공감하고 같이 아파하는 것은 사람됨의 이치라 생각한다, 그것은 멈춰버린 시간이며 세월이 흘러도 슬픔의 감정은 더해만 가는 것이다. "네가 아직도/내 몸에서 자라고 있다"라고 말하는 문장은 「어떤 기일」에서 가장 깊고도 슬픔의 문장으로 각인된다.

…(중략)…

그는 어느 날 이른 아침 열한 살 난 소녀를 깨워 가야산으로 올라갔죠. "널 죽일 거야 내 연애 사업을 네가 망쳤으니" 총구가 소녀의 가슴에 적중할 태세였죠. 열한 살 소녀는 두려움에 귀와 눈을 감고 오줌을 지리며 두 손바닥에 뜨거운 김이 불이 되듯 빌었죠. 오빠의 비밀을 시골 아버지께 고한

젖값이 너무나 컸죠
…(하략)…

– 「가야산 비밀」 부분

마음 깊은 곳에
총 자국이 살아있다

지우고 싶어 애를 쓰면
쓸수록 파랗게 돋아나고
총구가 내 가슴을
겨냥했을 때 벼락 맞은
떨림은 양다리로
수액을 내보냈다
내 온몸에서 그때
지진이 일어났다
…(하략)…

– 「마음의 총 자국」 부분

　　우리는 가족이라는 이유로 불화가 발생하고 난 뒤에도 평생 벗어날 수 없는 관계를 지속해야 하는 운명을 사실로 받아들인다. 형제자매의 경우에서도 다르지 않다. 「가야산 비밀」, 「마음의 총 자국」 두 편의 시에는 긴장된 이야기가 있다. ""널 죽일 거야 내 연애 사업을 네가 망쳤으니"/열한 살 소녀는 두려움에 귀와 눈을 감고 오줌을 지리며 두 손바닥에 뜨거운 김이 불이 되듯 빌었죠." 에서 오빠가 어린 소녀를 위협하는 '총기'가 등장하고 있다. 결국, 시 속의 이야기는 소녀가 가까스로 위기를 모면하는 장면이 등장하지만, 소녀는 오빠로부터 평생 지울 수 없는 상처와 고통을 안고 살아가게 된다. 유년시절의 받은 상처는 어른이 되어서도 해결되지 않는다. 그녀는 고통스러운 추억에서 벗어나려 하지만 그 것은 불쑥불쑥 상처를 들고 나타나 그녀를 위협한다.

「마음의 총 자국」 역시 앞서 「가야산 비밀」과 동일한 이야기의 연장선이다. 그녀의 가슴에 남긴 상처의 기억에 자신이 끝없이 함몰되어 곧 사라질 것 같은 불안을 느끼고 있다. 까마득한 유년시절에 벌어진 일련의 일들은 "지우고 싶어 애를 쓰면/쓸수록 파랗게 돋아나고"에서 그녀가 얼마나 상처와 고통에 시달려왔는지 선명하게 나타나는 부분이다. 세월이 흐르고 흘러도 슬픔의 메커니즘은 그녀를 고통 속에 그렇게 평생 묶어두었다.

미래를 담고
꿈을 담고
목숨을 담고
당신과 나를 담아서 떠났다

칠흑 같은 새 터전
희망은 보관되어 있지 않고
총잡이에 익숙한 검은 대륙의 군상들
황야의 쌍 칼잡이 침범자들
우월감에 넘치는 백색인종
차별차별 또 차별
보이지 않을 짙은 학대

붉은 머리

검은 머리
흰 머리
노랑머리
뭇 인간 밀집의 전쟁터
버틸 심장은 권총 앞에 바들바들

— 「이민 가방」 부분

한국은 미국에 이민을 많이 간 '세계 3대 이민국'이라고 한다. 한국에서 중산층으로 살던 이민자들은 미국에서 언어의 장벽과 교육 등의 차 탓에 주류 사회로 편입되지 못하고 자영업을 통해 경제적 기반을 다져나갔다고 한다. "칠흑 같은 새 터전/희망은 보관되어 있지 않고/총잡이에 익숙한 검은 대륙의 군상들/황야의 쌍 칼잡이 침범자들/우월감에 넘치는 백색인종 차별차별/또 차별/보이지 않을 짙은 학대"(「이민 가방」)에서 시인은 고스란히 당시의 공포를 말한다. '아메리칸드림'을 꿈꾸며 건너간 미국 특히 로스앤젤레스의 사우스 센트럴 같은 저소득 흑인이 사는 지역에서 장사를 하다 보니 한국인이 빈번하게 범죄의 타깃 대상이 되었다고 한다. 미국 이민은 이렇듯 장밋빛 미래보다는 엄청난 대가를 지불하고 현재의 기반을 다질 수 있었다. 생존의 위협 속에서도 이민살이의 고통과 두려움 등, 그녀 역시도 피해 갈 수 없는 순간을 맞게 되고 "뭇 인간 밀집의/전쟁터/버틸 심장은 권총 앞에 바들바들"에서처럼 시의 행간마다 녹록치 않은 삶의 궤적을 느낄 수 있다.

어머니, 당신은 이 사바를 떠나서
더 또렷한 무형(N)으로

빛의 카로caro로 오셔서
마음의 하늘이 되고
울타리 없이 확 트인 제 안으로
시공간을 초월해서 오가고 있습니다
길이 없는 그 길은
오직 당신만이 드나들 수 있는
제 몸과 마음 라벤더로 천연염색 하여
향기로운 보라색 길을 내어
두런두런 빛의 대화 나누며
늘, 당신과 함께 합니다 어머니!
…(하략)…

– 「길이 없는 그 길을」 부분

내 몸에 무덤이 있다
여럿이 살고 있는 하나의 몸
할머니가 등장하고
할아버지가 등장하고
어머니, 아버지 그리고
돌아가신 사람들!
기와를 날려버리고
흙 지붕을 날려버리고
오늘은 할머니를 꺼내 놓고
어제는 아버지를 꺼내 만나고
내일은 어머니를 꺼내 얘기하고
 …(하략)…

– 「무덤 이야기」 부분

이향영 시인의 시 중에서 가족과 모성에 관한 시는 시집 전체에서 중요한 모티프로 작용한다. 그 중「길이 없는 그 길을」과「무덤 이야기」시편은 한참이나 행간 속에 시선을 두게 만든다. 지구상의 존재들은 모두 '엄마'가 있다. 식물이든 꽃이든 동물이든 인간이든 엄마를 통해서 육신을 얻고 엄마를 통해 성장하였다, 엄마가 없이는 우리 모두 이 우주에 올 수 없었다는 사실을 잘 알고 있지만 우리는 엄마를 자주 까먹는다, 자주 잃어버린다,

　　한국인만이 느끼는 어머니의 이미지는 인자하고 따뜻한 덕성을 갖춘 어머니가 표상일 수 있었다. 모성을 다채로운 시각으로 바라보는 것 자체가 동시대적인 과제라 하지만 우리들의 엄마 그 엄마의 엄마들은 여전히 희생하고 양보하는 것의 미덕으로 '엄마 생활'을 해 왔다. 시인은 "내 몸에 무덤이 있다/여럿이 살고 있는 하나의 몸/할머니가 등장하고/할아버지가 등장하고/어머니, 아버지 그리고/돌아가신 사람들!/기와를 날려버리고/흙 지붕을 날려버리고/오늘은 할머니를 꺼내 놓고/어제는 아버지를 꺼내 만나고/내일은 어머니를 꺼내 얘기하고"(「무덤 이야기」)에서 시인은 할아버지, 할머니 돌아가신 집안사람들을 차례로 소환하면서 '나' 개인의 몸속에는 과거의 기억과 죽은 사람들이 함께 살고 있다며 존재의 충만함을 말하고 있다. 우리가 삶을 이야기하기 위해서는 반드시 언급해야 하는 것이 바로 죽음이다. 빅토르 위고의 "모든 죽음은 하나의 사태지만 마치 가르침처럼 살아있다"라는 말처럼 죽은 자들이 우리에게 건네는 삶의 메시지를 우리는 기억해야 한다.

　　…(중략)…
　　귀는 잠자는 것이 취미이다
　　귀야, 우리 낙원 가자

하루살이들이 자기의
계절을 내치는
폭력 같은 폭서
마구 몸을 던진다
콧구멍으로
귓구멍으로
컷 속에서 헤엄치고
자라나는 벌레처럼
죽은 듯이 잠잠히 있는 귀
세상 스토리를 다 저장한다

— 「귀야, 우리 낙원 가자 7」 부분

거리를 집으로 만드는 여인. 해운대 바닷가 오솔길 숲속 나무 벤치. 그녀가 안방이 되기도 하는. 그녀가 나의 이마에 보고하듯. 구름과 놀고 바다와 놀고 돌과 놀고 파도와 놀고 소나무와 놀고 솔방울과 놀고 외로움과 놀지. 배시시 웃는 그녀의 얼굴은 달빛이 층층이 담겨있다. 자연이 친구이고 사물이 노리개인 그녀. 결국엔 외로움을 가지고 논단다. 인간의 숙소가 외로움이란 시의 구절이 소낙비처럼 사라진다.

— 「물방울처럼 쌓고, 쌓고 흐르다 단절하는 계절」 부분

이향영(Lisa Lee) 시인은 부산과 서울에서 약 27년, 미국에서 43년, 해운대로 돌아온 지 4년째다. 그녀는 정말이지 나이를 짐작할 수 없을 정도로 젊고 세련된 감각을 지니고 있다. 생물학적인 나이를 들이대지만 않는다면 깜짝 놀랄 만큼 젊고 아름답다. 그

녀는 자주 웃고 자주 울고 자주 밥을 사준다. 사람에 대한 배려와 인심이 그녀가 가진 귀한 덕목이기도 하다. 그녀는 자주 우울감에 빠지기도 한다. "거리를 집으로 만드는 여인./해운대 바닷가 오솔길 숲속 나무 벤치/그녀가 안방이 되기도 하는"에서처럼 그녀는 그 우울의 감정을 빠져나오면서 생기는 파문과 깨달음을 자연을 통한 경험과 언어로 사색하며 시를 쓰고 시로 살아가고 있다.

시인이 돌아온 고국은 많이 발전하고 곳곳마다 행복한 풍경들이 넘쳐나 보였지만 막상 사람들과 만남은 그리 순탄치만은 않았다. 전혀 예상치 못했던 일대의 사람들을 만나기도 했다. 오랜 미국 생활을 마치고 돌아온 그녀에게 한국은 다정하고 따뜻한 사람들도 많았겠지만, 그녀의 생활 감각과는 맞지 않는 정서도 많았으리라. "폭력 같은 폭서/마구 몸을 던진다/콧구멍으로/귓구멍으로/컷 속에서 헤엄치고/자라나는 벌레처럼/죽은 듯이 잠잠히 있는 귀/세상 스토리를 다 저장한다"라며 그녀는 사람들 사이에서의 체험적 관계를 진단한다. '귀'는 청력과 평형각을 관장하는 감각적인 신체기관이다. 그러나 그녀는 그 '귀'에다 낯섦과 당황스러움을 그대로 저장할 수만은 없어 '귀야 우리 낙원 가자'고 꼬드긴다. 귀는 참으로 맑고 순하다. 「귀야, 우리 낙원 가자 7」는 그녀다운 심정의 깊이를 짐작하게 하는 시편이라 할 수 있다.

이번 『두런두런 빛의 대화』는 벌써 다섯 번째 시집이다. 참으로 놀랍고 성실한 예술가가 아닐 수 없다. 이미 몇 권의 소설집과 에세이집을 낸 적이 있는 그녀의 열정 앞에 고개 숙인다. 그녀는 이번 시집을 통해서 눈물만큼 무거운 슬픔이 없다는 것을 표현하며 예술가는 그런 어둠 속에서 빛을 찾는 사람이라는 것을 몸소 보여주었다. 그러나 그 어둠의 빛에는 고독과 슬픔이라는 형벌이 늘 함께 있어, 시인의 곁에서 가족같이 놀고 밥 먹고 살았다. 진정한 예술가는 그 형벌을 견뎌야 하고 그것을 견디지 못하는 자는 예술가가 아니라고 한다.

삶이란 매일매일의 소중함이다. '살아있다'라는 사실보다 더한 축복은 없을 것이다. 시인은 삶이라는 것을 거창한 것에 비유하지 않았다. "구름과 놀고 바다와 놀고 돌과 놀고 파도와 놀고 소나무와 놀고 솔방울과 놀고 외로움과 놀지."라며 일상적인 행위와 곁에 있는 존재를 환기하고 있다. 이향영 시인은 인생에서 빼놓을 수 없는 가장 따뜻하고 근본적인 대답을 이 시집을 통해 우리에게 일깨워 주고 있다.